2020 Jahrbuch eines alten, weißen Mannes

Georg Cool

AF236811

2020 Jahrbuch eines alten, weißen Mannes

Georg Cool

Impressum

Bibliografische Information der Deutschen Nationalbibliothek:
Die Deutsche Nationalbibliothek verzeichnet diese Publikation
in der Deutschen Nationalbibliografie; detaillierte
bibliografische Daten sind im Internet über http://dnb.dnb.de
abrufbar.

© 2021 Georg Cool

Herstellung und Verlag: BoD – Books on Demand,
Norderstedt

ISBN: 978-3-7534-0879-8

Das Buch

Der eventuelle Leser dieses Heftchens, wird sich fragen.

„Warum schreibt dieser Typ solche Zeilen?"

Ganz einfach, weil dieser Typ als erstes Zeit und Lust dazu und dann die Nase voll von dem sogenannten Qualitätsjournalismus hat. Nach fast achtundvierzig Jahren Berufsleben und jetzt anderthalb Jahren als Rentner ist man versucht, den Schwachsinn unserer jetzigen Medienlandschaft zu entkommen. So ganz wird das nie gelingen und so habe ich mir gedacht, meine Meinung selbst zu verfassen. Mit den eigenen Meinungen ist es immer so eine Sache. Oft sind sie subjektiv und erzeugen auf unterschiedlicher Weise Widerspruch. Doch hat man sich dazu entschlossen, diese, seine Meinung kundzutun, muss man auch den Widerspruch akzeptieren. Es gibt kaum jemanden, der die Weisheit mit dem sogenannten Löffel gefressen hat, auch wenn so mancher Zeitgenosse es uns weiß machen will. Schon gar nicht ich, aber das hindert mich nicht daran, dem sogenannten Mainstream eine gewisse Skepsis entgegenzubringen. Diese gesunde Skepsis mit anderen zu teilen, war mir schon immer ein Bedürfnis und jetzt habe ich auch die Zeit dafür. Ich erhebe keinerlei Anspruch auf absolute Richtigkeit meiner Meinungen und bin mir meiner Fehlerhaftigkeit in Gänze bewusst. Es ist jedoch meine Meinung und genauso akzeptiere ich jedem die Seine.

Das Jahr 2020 ist in vielerlei Hinsicht unvergleichbar mit den letzten fünfundsiebzig Jahren unserer jüngeren Vergangenheit. Die Pandemie hat uns voll im Griff, der Klimawandel wirft immer mehr sein Schatten voraus und die gesellschaftlichen Verhältnisse in den sogenannten Demokratien unserer Welt, geraten immer mehr unter Druck. Die Menschen sind wie noch nie verunsichert in ihrem Glauben, dass die sogenannten Eliten noch alles im Griff haben. Die Schere zwischen Arm und Reich geht weiter auseinander. Immer mehr Menschen bleiben auf der Strecke und die sogenannten Oberen zehntausend häufen unsagbaren Reichtum an. Selbst in der jetzigen größten Krise nach dem Zweiten Weltkrieg hat sich das Vermögen, der zehn reichsten Menschen dieser Erde, praktisch verdoppelt.

Die öffentlich-rechtlichen Medien in unserem Land werden immer mehr zum Sprachrohr der Machtinhaber. Kritik an dem herrschenden System wird zunehmend unterdrückt und diejenigen, die es trotzdem wagen, werden entweder in die Linke oder Rechte Ecke der Gesellschaft verbannt. Die sogenannten sozialen Medien sind mittlerweile der Tummelplatz für Verschwörungstheoretiker, Hetzer und Geschichtsverleugnern geworden. Darum habe ich angefangen, alles Relevante der vergangenen zwölf Monate zusammenzutragen und es in meinen einfachen Worten aufzuschreiben. Es sind ausschließlich meine eigenen Gedanken und es ist meine freie Meinungsäußerung.

Januar

Was mich wütend macht?

Meine Wut, besser mein Unbehagen ergibt sich aus Dingen, die in den letzten Jahren uns Normalos, also dem sogenannten „kleinen Leuten" zugemutet wurden und werden. Unter den Normalos zähle ich auch die ständig propagierte „Mittelschicht", die es meiner Meinung so schon lange nicht mehr gibt. Natürlich gibt es noch viele Mitmenschen, die nicht wirklich arm sind. Also im Sinne, dass sie nicht genug zum Essen haben und ihr Dach über dem Kopf nicht mehr bezahlen können. Hier in unser schönem reichen Deutschland wohlgemerkt. In anderen Regionen sieht das ganz anders aus.

Viele die sich hier noch selbst zur „Mittelschicht" zählen, sind vielleicht nicht ganz ehrlich zu sich selbst. Sie haben geerbt, haben Wohneigentum und einiges Geld auf der Bank. Müssten sie aber nur mit dem auskommen, was sie momentan aus ihrer Arbeit erwirtschaften, alles damit begleichen, also Miete, Lebensunterhalt, Energiekosten, Auto usw., sieht das vielleicht schon anders aus.

Ja und wehe, es kommt eine wirkliche Wirtschaftskrise, dann wird das noch viel schlimmer. Auch schmerzhafter als jede andere zu vor. Weil wir uns zu einem sehr teuren Land entwickelt haben. Wir haben die höchsten Energiekosten in der EU. Unser Gesundheitssystem ist eins der kosten intensivsten überhaupt. In Hinblick, dass Deutschland zum billig Lohn Land geworden ist, dank der SPD, wird eine kommende Rezension verheerende Folgen für viele Arbeitnehmer haben. Dank Hartz vier werden viele sogenannte „Mittelständler", die ihren Job verlieren, nach momentaner Gesetzeslage nicht in den Genuss der Sozialhilfe kommen. Erst müssen sie ihr meist hart erwirtschaftetes Eigentum zur Absicherung ihres Lebensunterhaltes einsetzen. Wiederum dank der SPD, die CDU ist fein raus.

Das nächste Unbehagen bereitet mir der momentane Wirbel um die Gefährdung unseres Planeten durch uns Menschen. Kein Mensch, zumindest keiner, der über ein bisschen Intelligenz verfügt, kann bewusst behaupten, dass es keinen Klimawandel gibt. Na klar, sind wir Menschen der größte Faktor für die Bedrohung unseres Planeten. Nicht nur in Hinblick auf das Klima, allein schon die irre Anhäufung von Nuklearwaffen könnte das Schicksal der Erde in kürzester Zeit besiegeln. So, dass das Klima keine Chance mehr hätte unsere Spezies zu vernichten. Trotzdem ist es eine gute Sache, dass unsere Kinder mit ihren Streiks den Politikern dieser Welt, Beine machen.

Doch diese Beine gehen mal wieder komplett in die falsche Richtung. Man suggeriert uns, dass dieser

Klimaschutz, der von unserer Jugend zu Recht gefordert wird, viel Geld kosten wird. Sie sagen, dass der Staat in Zukunft sehr viel investieren muss. Mit Staat sind natürlich wir gemeint. Wir sogenannten „kleine Leute" müssen mal wieder die Zeche für die Großen zahlen. Die Großen, die auf den Klimaschutz in den letzten Jahrzehnten gepfiffen und horrende Profite eingestrichen haben. EON, RWE und EnBW haben allein 2009 zusammen 23 Milliarden Euro Profit eingefahren. Wohlgemerkt in der letzten Finanzkrise. Trotzdem sind für den Verbraucher die Strompreise weiter gestiegen. Mittlerweile die höchsten in der EU.

Dann als die Bundesregierung, na ja Frau Merkel, 2011 beschloss, den Atomausstieg zu beschleunigen, wurde im Konsens mit den Betreibern der Kernkraftwerke vereinbart, dass der Staat für die Abfallentsorgung zuständig ist. Also wieder Steuergelder von uns trotz der vielen Milliarden Profit. Jetzt kommt dazu, dass wir den Kohleausstieg auch finanzieren müssen, also wir, die Steuerzahler. Wer dann noch glaubt, dass Politiker für uns da sind, der glaubt auch an kleine grüne Männchen.

Apropos Grün. Man sollte nicht vergessen, dass diese Partei schon vor Jahren einen Benzinpreis von über drei Mark gefordert hat. In Euro haben wir diesen schon erreicht und bei einer grünen Regierung wird er wahrscheinlich schnell die fünf Mark Grenze reißen. Das Unbehagen wird nicht besser. Momentan wird der

Autofahrer zum größten Umweltsünder abgestempelt. Wieder einmal soll der „Normalo" für die Sünden der Profit Haie herhalten. Die Steuern für Autos, die wir uns vor Kurzem gekauft haben, werden mit Sicherheit um viele Prozent steigen. Mit den ach so sauberen Diesel, den wir uns ja vor noch nicht allzu langer Zeit auf Empfehlung unserer sogenannten „Eliten" gekauft haben, können wir bald nicht mehr in unseren Städten fahren. Wir sollen uns ein Elektrofahrzeug zulegen. Abgesehen davon, dass noch niemand weiß, wo dann plötzlich all die vielen kleinen Flitzer ihren Strom tanken sollen, wird dieser Strom, dann auch nicht billiger sein als der Kraftstoff momentan.

Na und, wo dann der viele Strom herkommen soll, ist bis dato nicht geklärt. Von Frankreich, die den Atomstrom favorisieren, oder von Polen, die ganz auf Kohle setzen? Also entweder gefährlicher oder umweltschädlicher. Hauptsache billig für die Konzerne, die ihn dann teuer, weil „Klimaneutral" an uns verkaufen können. Wieder Milliarden Gewinne für die Großen. Für den jetzt, dreckigen Diesel, der meist nicht älter ist als sechs Jahre, bekommt man dann ein Bruchteil von dem, was momentan ein Elektroauto kostet. Ein Kleines wohlgemerkt, dass man kaum für eine Urlaubsfahrt oder ein Wochenendausflug nutzen kann. Denn ein schickes, Großes mit der entsprechenden Reichweite, können sich die Wenigsten dann leisten.

Diese wenigen sind es, die von all dem profitieren. Denen es nicht wirklich wehtut, die Mehrkosten für verfehlten Klimaschutz zu zahlen, die Großaktionäre sind, reiche Erben, die oft nichts mit der Schaffung ihres Reichtums zu tun hatten. Es sind die Manager von Konzernen, die sogenannten „Eliten" unserer Gesellschaft, die sich das alles leisten können. Solche übrigens, die durch kriminelles Handeln eine Schlüsselindustrie unseres Landes an den wirtschaftlichen Abgrund gebracht haben. Die „Normalos" können das nicht, müssen aber den Großteil der Kosten für ein angebliches sauberes Klima zahlen. Wer dann noch von einer gerechten Verteilung spricht, glaubt wirklich an die „kleinen grünen Männchen", die bei uns immer größer werden.

Was mein Unbehagen, jetzt bereits Wut, noch mehr vergrößert, ist die Tatsache, dass uns von den sogenannten „Qualitätsmedien" dieses System als alternativlos vehement vermittelt wird. Da ich seit über einem Jahr Rentner bin und erstmals in meinem Leben Zeit habe diesen sogenannten Qualitätsjournalismus ausführlich zu konsumieren, bin ich schlicht weg entsetzt.

Entsetzt wie schamlos die meisten dieser schreibenden und sprechenden Gilde zum Sprachrohr der Mächtigen geworden sind. In einem demokratischen System sollte der Journalismus diesen Mächtigen als sogenannter Kontroller gegenüberstehen. Das Gegenteil ist der Fall.

Oft versteckt hintergründig aber zunehmend offen wird das System verherrlicht. Wird es uns als Heilsbringer und zum fortbestehender Garant unseres sogenannten Wohlstands, vermittelt. Anderslautende Meinungen und Ansichten, werden fast nicht zu Gehör gebracht und wenn ja, immer mehr diffamiert. Das sogenannte gute Menschentum wird uns unter die Nase gerieben und bewusst verschwiegen, dass die wenigsten unter uns sich diese Charaktereigenschaft finanziell leisten können.

Es wird von gefühlter Armut geredet, was nichts Anderes bedeutet, dass es keine echte Armut bei uns gibt. Natürlich, wenn man als Moderatorin/Moderator verschiedener Talkformate unserer rechtlich öffentlichen Medien Tantiemen von mehreren einhunderttausend Euro im Jahr bekommt, ist es schwer, sich wirklich arm zu fühlen. Wenn dann Unmut gegenüber ungerechter Entlohnung geäußert wird, holt man sofort die Keule der Neiddebatte heraus. Heißt, dass die Kritisierenden dieser ungleichen Verteilung von Neid getrieben sind. Auf die Idee, dass es ein wirkliches Problem, ich behaupte sogar ein existenzielles, für unsere Gesellschaft ist, kommen diese sogenannten Journalisten gar nicht. Sollte es an mangelnder Intelligenz fehlen? Ich denke nicht, eher an die Angst, ihren eigenen wirklichen Wohlstand zu verlieren. Dass dieser meist von den Gebühren derer, die sich angeblich nur arm fühlen, gesichert ist, kommt ihnen nicht in den Sinn.

Es wird permanent gegen Russland gehetzt und ernsthaft gefordert, die NATO gegen Putin einzusetzen. Die wenigen, die realistisch und kühl die Situation Russlands beurteilen, werden sofort als sogenannte Putin Versteher und Sympathisanten Russlands abgestempelt. Ein Herr Kujat, seines Zeichens General a.D. der Luftwaffe, wird schon gar nicht mehr in diversen Talkshows eingeladen. Das aus einem einzigen Grund. Er schätzt die Lage ganz rational und fachlich kompetent ein und wehrt sich gegen jede Kriegspropaganda.

Beispiel Gabriele Krone-Schmalz-Jacob, eine echte Russlandexpertin, deren nüchterne mit Sachkompetenz vorgetragene Argumente nicht gehört werden wollen und wenn doch, meist stiefmütterlich behandelt wird. Immer mehr sogenannte „Qualitätsjournalisten" bevölkern diverse Talkshows in unserer öffentlich-rechtlichen Medienlandschaft. Frauen und Männer, von denen man weiß, dass sie getreu dem Mainstream ihre Weisheiten kundtun. Hauptsächlich aus dem bürgerlich-konservativen Spektrum. Sollte sich doch mal ein links Verdächtiger verirrt haben, kommt der selten dazu, seine Meinung ungestört kundzutun.

Februar

Der Monat, der die sogenannte freiheitliche demokratische Gesellschaft unserer Zeit in die graue Vergangenheit unserer jüngsten Geschichte zurückgeworfen hat. Eine starke Behauptung, die zu widerlegen ziemlich schwer sein wird. Schwer unter anderem, dass dieselben Kräfte der sogenannten Mitte 1933, gebündelt in der damaligen Zentrumspartei, mit dem sogenannten Ermächtigungsgesetz die damalige NSDAP mit Hitler an der Spitze zur Macht verhalfen.

Es ist in der Gesamtheit mit den jetzigen Thüringer Verhältnissen nicht zu vergleichen. Doch der Anfang ist gemacht, besser gesagt getestet worden. Getestet nicht von den sogenannten Rändern, sondern von der Mitte. Diejenige Mitte, die sich zwischen 1863 und 1933 Zentrum nannte. Abgesehen davon, dass in Thüringen im Oktober 2019 demokratisch gewählt wurde und der Wählerwillen den sogenannten linken Rand als stärkste Partei mit 31 % gewählt hat, den sogenannten rechten Rand mit 23,4 als zweitstärkste Partei, was nach allgemeinen mathematischen Grundregeln eine Summe von 54,4 % ergibt. Bei einer zur Verfügung stehenden Sitzanzahl von 90 eine absolute Mehrheit gegenüber der sogenannten Mitte bedeutet. Nun kann man sagen, dass den Wählern in Thüringen der gesunde Menschenverstand abhandengekommen ist. Das ja bei manch einem westdeutschen Politiker der sogenannten Mitte nicht wörtlich, doch aber in versteckten Statements herauszuhören ist. In etwa, dass die Ostdeutschen wegen ihrer Vergangenheit, nicht mit der Demokratie umgehen können. Das in der ehemaligen DDR keine echte Aufarbeitung der nationalsozialistischen Vergangenheit stattgefunden hat und so weiter.

Nun ja, mit der Demokratie umzugehen ist eine ganz eigene Sache. Wenn freien Abgeordneten von oben, heißt von der Parteiführung, gesagt wird für welchen Kandidaten sie stimmen sollen, dann ist das nicht unbedingt demokratisch. Es ist, zumindest empfinden es viele Ostdeutsche so, genauso „Demokratisch" wie vor über dreißig Jahren in ihrem Land. Das trägt Züge einer Diktatur (Diktat). Was aber schlimmer ist, dass man den Wählern der AFD im Osten Deutschlands ihren gesunden Menschenverstand abspricht und ihnen eine gefährliche Nähe zum Rechtsextremismus unterstellt. Beides ist gleichermaßen völliger Unsinn und lässt die Gräben zwischen West und Ost tiefer und breiter werden.

Historiker wie zum Beispiel Norbert Frei, ein westdeutscher der in Jena lehrt, spricht davon, dass die Auseinandersetzung mit dem Faschismus in der DDR im Gegensatz zum Westen Deutschlands, oberflächlich betrieben wurde. Für mich als ehemaliger „Ossi" muss ich sagen, dass wir in der

Schule und außerschulisch intensiv mit dieser Vergangenheit konfrontiert wurden. Was für ein Historiker ist das, der völlig die Willkommenskultur der Bundesrepublik der Fünfzigerjahre für „verdienstvolle" Nazis ausblendet? Meiner Meinung nach ein Versuch, den Osten als rückständig und nicht integrierbar darzustellen. Solche sogenannten Historiker betreiben das Geschäft der Spaltung unseres Landes und das nach fast dreißig Jahren Wiedervereinigung.

Es gibt andere, seriöse Historiker wie zum Beispiel Bodo von Borries, der sich mit vergleichbaren wissenschaftlichen Studien befasst hat und zu einer ganz anderen Einschätzung kam. Zitat: „Verpflichtende Besuche in KZ-Gedenkstätten, Schulbücher, die früh den Völkermord thematisieren und Filme wie Jakob der Lügner, haben den Völkermord an den europäischen Juden sehr wohl thematisiert und wurden in der DDR als Teil der politischen Doktrin des Antifaschismus verstanden und behandelt – früher, als in der BRD".

Es ist fatal einen Bodo Ramelow mit einen Björn Höcke zu vergleichen. Genauso fatal ist es, alle AFD Mitglieder und deren Wähler rechtsextrem zu nennen. Nur weil einzelne in dieser sogenannten Partei die Sprache und Rhetorik eines Faschisten wie Goebbels benutzen. Was wichtig und richtig ist, die Extreme zu benennen. Sich von ihnen zu distanzieren und Haltung zu zeigen. Diese Haltung hat an dem fünften Februar zweitausendzwanzig im Thüringer Landtag gefehlt. Meiner Meinung nach aus einem einzigen Grund, aus machtpolitischem Kalkül ohne die Konsequenz daraus zu bedenken.

Absurder kann es kaum werden, wenn man, um einen von der Bevölkerung anerkannten Ministerpräsidenten mit 31 %, zu verhindern, einen fünfprozentigen wählt. Das war glasklar zwischen den sogenannten Mitteparteien abgesprochen. Die Krönung ist dann, wenn man im Nachhinein versucht, dieses Szenario als Überraschung und Überrumpelung hinzustellen. Wer dann glaubt, dass Wahlvolk für dumm zu verkaufen, der sollte sich fragen, ob er als Politprofi noch haltbar ist. Ein Parteivorsitzender der erst rum eiert und ein Vize, der gar gratuliert und Anerkennung zollt, so geschehen in der FDP, haben ihrer Partei einen echten Bärendienst erwiesen. Was dabei aber wesentlich schlimmer ist, das Vertrauen der Bürger in der Demokratie ist anhaltend geschädigt. Nicht nur in Thüringen.

Die Herren Kubicki („Ein großartiger Erfolg der Mitte") und Lindner haben wieder einmal bewiesen, dass sie für die kurzfristige Option auf Macht selbst die Existenz ihrer Partei aufs Spiel setzen. Die nächsten Wahlen werden zeigen, wie demokratisch die Wähler in Deutschland sind. Eigentlich sollten diese beiden Herren sich ein Beispiel an den bayerischen Ministerpräsidenten und CSU Vorsitzenden Markus Söder nehmen. Der hat als erster Spitzenpolitiker klar und deutlich Stellung bezogen. So wie es sich für einen echten Demokraten gehört. Politprofi ist er allemal und wäre sicher der bessere Kanzlerkandidat für die Unionsparteien als ein Friedrich Merz. Im Gegensatz zu diesem hat Herr Söder bereits bewiesen ein Bundesland führen zu können. Immerhin eins der besten in Deutschland.

Aber die CDU wird ihre Personalfindung ebenso wie die SPD so lange hinziehen, dass für zukunftsweisende Programme keine Zeit bleibt. Nur befürchte ich, dass dann die Wahlergebnisse der Zukunft für diese Partei in den Bereich der SPD von heute abrutschen werden. Ob das dann die Ränder schwächt, ist äußerst fraglich und wird mit aller Wahrscheinlichkeit genau das Gegenteil bewirken. Die Gesellschaft im Ganzen kann dadurch nur verlieren und wir werden das Zeitalter der Digitalisierung mit einem Vielparteien System, die miteinander verstritten sind, betreten. Ob das uns in dieser globalen Welt dann mithalten lässt, ist ernsthaft zu bezweifeln.

März

Man könnte auch sagen, der Corona Monat. Wir
sollten uns noch schnell an die Zeit vor Corona
erinnern. Es ist möglich, dass diese so, wie wir sie in
Erinnerung haben, nicht mehr wiederkommt. Man
wird in Zukunft von vor und nach Corona sprechen. So,
als wenn wir heute von vor der Wiedervereinigung
oder vor neun Eleven reden. Unsere Gesellschaft wird
eine Andere sein. Hoffentlich eine Bessere, eine mit
Menschen, für die Empathie gegenüber ihren
Mitmenschen wichtiger ist als Fußball, Karneval, Abriss
Ski oder einfach nur Party feiern. Eine mit
gesellschaftlichen Verhältnissen, in denen die
Vorsorgepflicht des Staates mehr bedeutet, als die
Macht der Märkte. Eine wo nicht nur die Verluste der
großen Konzerne vergesellschaftlicht werden. Wo die
sagenhaften Gewinne denen zugutekommen, die sie
erwirtschaftet haben. Eine wo Managergehälter nicht
das Hundertfache, dessen übersteigt, was die
„normalen" Beschäftigten bekommen. Eine
Gesellschaft, wo die sozialen Berufe zumindest
genauso gewürdigt werden wie das
Zusammenschrauben eines Autos. Eine Welt, die die
Ressourcen, die uns zur Verfügung stehen mit Bedacht
und ohne Verschwendung einsetzt.

Das laute Auflachen kann ich bis in die Corona Isolation hören. Man kann doch noch träumen dürfen. Gerade jetzt, wo wir doch Zeit haben. Leider befürchte ich auch, dass das unerfüllte Träume bleiben. Wir werden uns nach Corona wieder in das Hamsterrad stürzen, dass uns die Seligkeit des Kapitals verspricht. Wir werden die Ellbogen, die wir in Angesicht der Krise etwas eingezogen haben, mit aller Macht ausfahren, um vermeintlich verlorenes wieder ein zu holen. Um unsere Positionen gegenüber dem Anderen mit aller Macht zu behaupten. Wir werden dem Schwachen kaum mehr Beachtung schenken und uns freuen, dass es uns ein bisschen besser geht. Es wird sich leider zeigen, dass wir die Warnung, die uns die Natur geschickt hat, wieder einmal mit der uns eigenen Arroganz verwerfen. Wir zugunsten von Prozentpunkten, von Geld und Macht die Chance zu besserem Handeln vertun.

Der Staat, der uns plötzlich so unbürokratisch, so selbstlos hilft, versäumt dabei, zu sagen, dass er unser Geld mit vollen Händen ausgibt. Das, hätte er die letzten Jahre nicht auf die schwarze Null gehockt wie ein Huhn auf das heilige Ei, es jetzt nicht zu wenige Intensivbetten, zu wenig Pflegepersonal, viel zu wenig Schutzkleidung und Beatmungsgeräte geben würde. Wäre er nicht den zahllosen Lobbyisten auf den Leim gegangen, die ihm die endlose Macht des Marktes gepredigt haben, hätten wir die fehlenden Betten und die dazugehörigen kompetenten Mitarbeiter. Gott, falls er überhaupt noch mit uns ist, sei Dank, dass der geplante Abbau von mindestens ein Drittel der Kliniken in Deutschland noch nicht über die Bühne gegangen ist. Wir wären schmerzlicher dran wie Italien.

Apropos Italien. Ein Land, das in den letzten Jahren neben dem mehr oder wenigen bekannten Missverhältnis zu Recht und Ordnung, von den Sparzwängen aus der EU regelrecht erdrückt wurde. Hier war es vor allem Deutschland das ein immer, höheren Sparzwang verlangte. Das ging natürlich in erster Linie zu Lasten der Infrastruktur. Dort in höchstem Maße bei sozialen Projekten wie zum Beispiel den Ausbau von Kliniken. Vor dem Spardiktat hatte Italien im Gesundheitssektor annähernd dieselben Werte wie Deutschland. In den letzten Jahren, wurde auf Druck der EU immer weiter eingespart. Wer wohl wird für die vielen Toten verantwortlich gemacht? Ich befürchte mal wieder die Falschen.

Was sagt es von einer Gesellschaft aus, in der sich über abgesagte Fußballspiele mehr erregt wird, als über die abgesagte Buchmesse? Ich denke, dass wir endlich unsere kulturellen Bedürfnisse denen nach Brot und Spiele Niveau angepasst haben. Solch ein Niveau, das Sendungsformate wie Dschungelcamps, „Bauer sucht Frau", Big Brother, DSDS und wie sie alle heißen, um vieles höhere Einschaltquoten haben wie zum Beispiel

Leschs Cosmos, Terra X, Galileo, Literarisches Quartett, Aspekte und Ähnliches. Der leider bereits verstorbene Marcel Reich-Ranicki hat es mit seiner Verweigerung einen Fernsehpreis in Empfang zu nehmen, auf den Punkt gebracht. Dass die meisten Sendungen im heutigen Fernsehen, eine Verdummung der Zuschauer zu Folge hat. Das war, wohlgemerkt bereits 2008. Heute sind wir da schon um einiges weiter. Immer mehr Menschen, glaubt man den Quotenzählern, konsumieren täglich zweifelhafte Formate. Formate in denen Menschen vorgeführt werden. Natürlich sich auch vorführen lassen, um die Anderen vor der Kiste von ihrem eigenen Elend abzulenken.

Wie schlägt sich unsere Politprominenz in der momentanen Krise? Erstaunlich besser als vermutet. Abgesehen davon, dass viele der jetzigen Maßnahmen schon früher hätten eingeleitet werden müssen, ist man doch jetzt bei entschlossenem Handeln angelangt. Den besten Job zurzeit macht meiner Meinung nach der bayrische Ministerpräsident. Herr Söder beweist sich als echter Krisenmanager, der als erster überhaupt, unpopuläre Entscheidungen getroffen hat. Entscheidungen, die in solchen Situationen von existentieller Bedeutung sind, wenn sie ohne zu zögern, gefällt werden. Ein angefasster Herr Laschet, der ja mal unserer Kanzler werden möchte, macht da keine gute Figur. Von den anderen beiden Bewerbern auf das Amt ganz zu schweigen. Keinerlei Präsenz von einem Herrn Merz oder Herrn Röttgen. Natürlich haben es aktuelle

Entscheidungsträger in solchen Krisen besser präsent zu sein. Doch gar nicht stattzufinden ist schon etwas befremdlich. Immer mehr gelange ich zu der Überzeugung, einem Herrn Söder die nächste Kanzlerschaft am ehesten zu zutrauen. Besser gesagt, er für Deutschland die beste Wahl wäre.

April

Monat zwei in der Corona-Krise. Offensichtlich haben unsere Politiker, zumindest die wichtigsten Entscheidungsträger es geschafft, uns vor schlimmen Szenarien zu bewahren. Solchen wie in vielen anderen Ländern. Wer bisher unser Land permanent schlecht geredet hat, wird momentan eines Besseren belehrt. Natürlich nur, wenn er auch will.

Es gibt jedoch genügend Zeitgenossen, die meiner Meinung nach, mit haarsträubenden Argumenten von sich reden machen. In vorderster Front die erste Reihe der sogenannten Reichen Partei, oder auch die fünf Prozent Beschaffer genannt (von mir). Die Rede ist von der FDP. Unter dem Deckmantel der Demokratie Verteidiger argumentieren sie zum Teil mit äußerst fragwürdigen Argumenten. Allen voran der stellvertretende FDP-Vorsitzende Wolfgang Kubicki. Ihm gehen die getroffenen Maßnahmen viel zu weit und viele davon scheinen ihm nicht plausibel zu sein. In Wahrheit bleibt dieser Mann sich und seiner Partei treu, indem er mal wieder mit einer Diskussion um unsere persönliche Freiheit, in Wirklichkeit den Profitverlust ihrer speziellen Klientel beklagt.

Einer Klientel, die sicher am besten, finanziell diese Krise durchstehen kann. Es verwundert zumindest, dass ein Rechtsbeistand von zahllosen Steuersündern sich plötzlich um unser Gemeinwohl sorgen macht. Vielleicht wäre es besser, wenn er sich Gedanken darübermachen würde, was für Versäumnisse, die ewige Beschwörung der Märkte, in dieser Krise zutage gebracht hat. Um ein paar Prozentpunkte Profit mehr zu machen, Produktionen in billig Lohnländer zu verlagern. Soziale Einrichtungen wie Krankenhäuser, Altenheime und Ähnlichem zu privatisieren, die dann des Profits wegen, kaum noch vernünftiges Personal haben. Davon hat dieser sogenannte Verteidiger unserer Freiheit kein Wort gesagt. Wenn ihm manche Maßnahmen nicht plausibel genug sind, dann sollte er nach den USA auswandern. Dort kann er dann, die Auswirkungen einer Politik, wie er sie sich wünscht, hautnah erleben. Mehrere tausend Tote täglich sind dann sicher plausibler für ihn. Nun ja, was soll man auch von einem Mann erwarten, der einen Wahlerfolg bejubelt, der mithilfe von Nazis zustande gekommen ist.

Befremdlicher jedoch ist, dass unser sogenannter Qualitätsjournalismus, zumindest einige davon ins gleiche Horn blasen. Ein ewiges Gejammer über die harten Maßnahmen und ein ständiges Lamentieren über eine baldige Beendigung dieser. Da beschweren sich Journalistinnen über das harte Los des Homeoffice. Moderatorinnen und Moderatoren diverser Talk Formate haben nur ein Thema in den letzten zwei Wochen. Wann und wie schnell kommen wir zur Normalität zurück? Einer der meiner Meinung nach intelligentesten Politiker momentan, Karl Lauterbach von der SPD, hat es kurz und knapp beantwortet. Dann wenn wir einen geeigneten Impfstoff haben, der zugelassen und in ausreichender Menge verfügbar ist.

Ein Herr Lanz, konnte sich nur schwer beherrschen, als dieser Karl Lauterbach die Zahl Zwei und Jahre dahinter ausgesprochen hatte. Ein Verdacht schleicht sich bei mir immer mehr ein. Sollten diese Leute etwa doch nicht so intelligent sein, wie sie uns bisher weiß zu machen versuchten? Jeden von uns leuchtet doch die Aussage von Herrn Lauterbach ein. Wenn wir vor dem Erreichen des Ziels, einen Impfstoff oder zumindest ein wirksames Medikament zu haben, die jetzigen Beschränkungen aufheben, dann hätten wir sie uns ganz sparen können.

Dieses Virus verschwindet nicht, weil wir es uns wünschen und wer die schnelle sogenannte Normalität will, muss die daraus entstehenden Konsequenzen auch deutlich benennen. Eine Million Tote allein in unserem Land könnten es werden. Würden diese Leute es in Kauf nehmen, wenn ihre Mütter und Väter bei einem überforderten Gesundheitssystem zugunsten anderer sterben müssten? Was ist das für ein Menschenbild dieser Leute, wenn sie ökonomische Interessen mit Menschenleben vergleichen? Es macht sie zumindest verdächtig, als Lobbyisten der Wirtschaft zu dienen und nicht unabhängig zu sein.

Ein gewisser Herr Lanz fragt doch tatsächlich, ob wir vielleicht überreagiert haben und ob wir insgesamt einem großen Bluff erlegen sind. Nicht, dass diese Fragestellung äußerst dumm ist, ist sie auch sehr gefährlich. Gefährlich deswegen, dass den unterschiedlichsten Verschwörungstheorien weiter Nahrung geliefert wird. Auch ist es gegenüber den neunzig Prozent unserer Bevölkerung, die diszipliniert den Vorgaben der Politik gefolgt sind, sehr beleidigend. Hinzu kommt, dass dieser sogenannte Moderator einen italienischen Pass besitzt, womit er bei jeder passenden Gelegenheit kokettiert und in Italien bis jetzt leider fast fünfundzwanzigtausend Tote in Zusammenhang mit Corona zu beklagen sind. Italien hat den Lockdown viel zu spät vollzogen und eine Ausbreitung der Pandemie so beschleunigt, dass das Gesundheitssystem in weiten Teilen des Landes zusammengebrochen ist. Entweder fehlt es da wirklich an etwas Intelligenz, oder der Herr hat sich so etwas für Deutschland auch gewünscht.

Viele Politiker und andere Personen mit sogenanntem besonderem sozialen Status, machen sich plötzlich Sorgen um die vielen Menschen, die durch Kurzarbeitergeld in die Armut getrieben werden. Dazu vielleicht diese Gedanken. Wenn wir kein sogenanntes Billiglohnland wären, und alle Beschäftigten angemessen entlohnt würden, wären diese Sorgen schon mal wesentlich kleiner. Hätten nicht die Meisten dieser besorgten schon jahrelang vehement gegen ein bedingungsloses Grundeinkommen argumentiert und hätten wir dieses jetzt in der momentanen Krise, wären diese Sorgen vollkommen überflüssig. Es wäre nämlich gar kein Kurzarbeitergeld notwendig.

Nebenbei gesagt, ist es ein wesentlicher Unterschied, wenn ein VW Arbeiter bei sechzig Prozent seines Gehaltes noch so viel übrig hat wie eine Arbeiterin oder Arbeiter im Dienstleistungsgewerbe, Kranken- oder Altenpfleger bei einhundert Prozent ihres Gehaltes. Deshalb ist es schon ein wenig zynisch, wenn wir im Angesicht der momentanen Krise uns auf die Balkone stellen und den vielen Menschen, die in der jetzigen Zeit für uns alle unschätzbare Arbeit leisten, Applaudieren. Besser wäre es gewesen, dass wir ihnen schon vorher unsere Wertschätzung zum Ausdruck gebracht hätten. Leider, so befürchte ich, wird es nach dieser Krise genauso sein wie davor.

Wir haben jetzt gerade mal, so schlimm es für einzelne auch ist, sechs Wochen den Lockdown. Einen Alltag, mit für unsere Generation noch nicht dagewesenen Einschränkungen. Diese sechs Wochen sind für uns, zumindest suggerieren uns die Medien dieses, fast nicht erträglich. Was haben wohl unsere Großeltern oder auch Eltern in den vergangenen Weltkriegen erleiden müssen? Wenn wir uns daran messen, sind wir doch ungleich besser dran.

Natürlich hätten wir auf diese Pandemie verzichten können und sie wird uns noch lange am Bein hängen. Es kann momentan keiner sagen, ob und wie wir es besser gemacht hätten. Meiner Meinung nach ist es allemal besser, bei einer unbekannten Gefahr etwas über zu reagieren, als später eine echte Katastrophe in Kauf zu nehmen. Eine Katastrophe in der es um Menschenleben geht. Die Wirtschaft können wir anschließend retten und nebenbei gesagt, werden bestimmte Kreise, genau wie in der letzten Finanzkrise, ihren Reibach machen.

Mai

Monat drei der „Corona Krise". Hurra die Lobbyisten sind wieder da. Besser gesagt sie gewinnen wieder die Oberhand. Die Wirtschaft hat auch gleich breit gefächert und großflächig rekrutiert. Querbeet, von Politikern, über sogenannte Wissenschaftler und Medienleuten. Es wird momentan ein Wettbewerb um die schnellste Lockerung der bisher gut wirksamen Corona Maßnahmen entfacht. Die echten, unabhängigen Wissenschaftler werden versteckt oder ganz offen, siehe durch Kubicki, Laschet, Lindner und so weiter, in Frage gestellt oder gar verleumdet. Die wissenschaftlichen Fakten werden verdreht oder komplett falsch interpretiert. Wir, das heißt die Bürger und deren Grundrecht werden benutzt, um die jetzt beschlossenen Lockerrungen begründen zu können.

Die meisten Politiker, so scheint es, können der Verlockung den Wählern, also uns in der Mehrzahl und gleichzeitig den Bossen des Kapitals, die Minderzahl, Geschenke zu machen kaum widerstehen. Selten gab es die Möglichkeit es allen scheinbar recht zu machen. Das mit dem Allen recht zu machen ist schlechterdings eine Lüge. Denn in erster Linie werden wieder einmal die sogenannten Großen, die die Aktienmehrheit besitzen bedient. Bedient vom Staat, der nicht seins, sondern unser Steuergeld denen in den Rachen wirft, die bisher schon gut bedient waren.

Wenn wir davon ausgehen, dass für kleine Unternehmen, Soloselbstständige und den Armen dieses Landes maximale Hilfen von unter einhundert Milliarden Euro vorgesehen sind, so kann man sich schon fragen, wem die übrigen hunderten Milliarden zugutekommen. Beispiel Lufthansa, die bis jetzt immer noch Pokern, nur um ihre Unternehmensstrategie (Umwelt, Niedriglohn, Boni, Dividenden und Gehälter des Managements) nicht ändern zu müssen, sollen mit neun Milliarden von unseren Steuern gerettet werden. Milliardäre wie Heinz Hermann Thiele, Besitzer der Knorr-Bremse AG und einer der zehn reichsten Männer unseres Landes, sind dabei im großem Stil Aktien der Lufthansa jetzt billig aufzukaufen. Sie sind sich sicher, dass der Staat, also wir die Lufthansa retten werden und sie dann die jetzt billigen Aktien später, bei erfolgreicher Sanierung, mit hoher Rendite, veräußern können. Nichts Anderes wird auch mit den sogenannten systemrelevanten Konzernen passieren.

Es wird uns suggeriert, dass das alles zur Rettung von Arbeitsplätzen geschieht. Das ist gelinde gesagt Quatsch. Die Automobil Branche unter anderen hat schon vor Corona arg geschwankt und Arbeitsplatzverluste von vielen tausenden prognostiziert. Nicht etwa, weil sie bisher zu wenig abgesetzt haben. Das ach so überbewertete

Management hat einfach die Zeit verschlafen. Statt innovativ in Forschung und Entwicklung neuer, umweltfreundlicher Technologien zu investieren, hat man betrogen, gelogen, sich und den Großaktionären die Taschen vollgemacht. Banken und Versicherungsgesellschaften haben bereits vor Corona mit massiven Personalabbau begonnen. Also nicht alles was jetzt der Viruskrise unterstellt wird, ist auch der geschuldet. Nur werden einige diese Krise nutzen, um entweder ihr Säckel noch voller zu machen, oder ihr bereits vor der Krise sterbendes Unternehmen für eine gewisse Zeit an den Tropf der Allgemeinheit zu hängen.

Immer mehr wagen sich hervor, um über unsere Rechte, die gerade ach so stark beschnitten werden, zu lamentieren. Hier meine ich nicht die Chaoten, die ohne Mundschutz, Abstandsgebot und vollkommen Sinn frei durch die Straßen grölen und ihr Recht auf Demonstration für ihre persönliche Freiheit wahrnehmen. Die machen sich offenbar keine Gedanken um jene, die durch dessen Handeln in ihrem Recht auf ein gesundes Leben, gefährdet werden.

Nein es geht mir um die, die in politischen Foren und diversen Talkshows nicht umhinkönnen, die Begleiterscheinungen der getroffenen Maßnahmen mit dem Recht auf Leben zu verrechnen. Es wird darüber philosophiert, wie schlimm die wirtschaftlichen Verluste uns treffen, wie verheerend es für unsere Kinder ist, drei Monate nicht in Kitas oder Schulen zu gehen. Horrorszenarien werden aufgezeichnet, wie es in Familien zugeht. Abgesehen davon, dass sie meist den Beweis schuldig bleiben (die tödliche Macht des Virus ist leider hinlänglich bewiesen worden), geht es diesen Leuten oft, um machtpolitische Interessen und um eine bestimmte Klientel zu bedienen.

Wenn hier von der Würde des Menschen gesprochen wird, die ihm durch die harten Maßnahmen genommen wird, dann frage ich mich schon, wann diese Leute sich darüber beschwert haben, als die Würde von Millionen Menschen bei der Installation von Hartz IV genommen wurde. Übrigens diese haben von den Reiselockerungen und vielen anderen gar nichts, sie können sich diese sowieso nicht leisten. Das übrigens auch vor der Krise nicht. Keiner diese infrage Steller von Sinn und Angemessenheit der getroffenen Maßnahmen hat sich bis her darüber beschwert, dass zum Beispiel Versicherungsgesellschaften ihren Verpflichtungen bei Hotels und Gaststätten, die eine Betriebsunterbrechungsversicherung abgeschlossen haben, nicht nachkommen. Das allein wird einigen dieser Betriebe die Existenz kosten.

Eine gewisse Frau Prof. Christiane Woopen, ihres Zeichen Vorsitzende des europäischen Ethikrats, von der man bis vor kurzem, kaum bis gar nichts gehört hat, ist jetzt eifrig, hauptsächlich bei Lanz und Illner bemüht, sich um uns große Sorgen zu machen. Wo waren ihre Sorgen, oder überhaupt dieser Ethikrat, als unsere Krankenhäuser und Pflegeheime zu Profitmaschinen gemacht wurden? So, dass durch massive Reduzierung der Pflegekräfte und deren geringe Entlohnung, viele Patienten durch mangelnde Pflege und Hygiene vernachlässigt oder gar gestorben sind. Wo ist der Aufschrei diese Ethiker verhallt all die Jahre, über die unsäglichen Arbeits- und Lebensbedingungen sogenannter Wanderarbeiter aus armen Ländern, die sie bei uns ertragen müssen? Ich denke, die Auftritte dieser Leute sind an Scheinheiligkeit kaum zu überbieten.

Natürlich wird diese Krise nicht spurlos an uns vorbeigehen. Viele Existenzen werden vernichtet. Hauptsächlich solche, die trotz harter Arbeit in dem bisherigen System schon lange zu kämpfen hatten. Diese jedoch gegen die echten oder eventuellen Toten aufzurechnen ist meiner Meinung nach äußerst unethisch. Wir hätten jetzt die Möglichkeit, bessere und gerechtere Mechanismen in unsere Gesellschaft zu installieren. Kurzzeitig hatte ich die Hoffnung, dass die gewählten politischen Vertreter in unserer Gesellschaft erkannt haben, dass ein weiter so nicht mehr vertretbar ist. Gehofft für unsere Kinder und Enkelkinder. Leider sieht es jetzt nicht mehr danach aus. Wieder geht es mal nur um Macht und Reichtum für wenige.

Juni

Monat eins der Corona Loosening (Lockerungen). Besser gesagt, des Wettbewerbs um diese Lockerungen. Jeder Ministerpräsident unserer Republik will seinen Bürgern was Gutes tun. Will Vorreiter in Sachen Corona sein und sich dem Wahlvolk, also uns als großer Krisenmanager beweisen. Angeblich nur um für uns das Beste aus dieser Krise zu machen. Keine Angst, ich will jetzt nicht jeden unserer sechszehn Ministerpräsidenten beurteilen. Abgesehen davon, dass ich dafür vielleicht intellektuell nicht in der Lage bin, würde es auch den Rahmen hier sprengen.

Symptomatisch in dieser Krise sind meiner Meinung nach eigentlich nur zwei. Die zwei, die auch mehr oder weniger die Geschicke der zwei größten Bundesländer bestimmen. Herr Laschet in NRW und Herr Söder in Bayern. Der eine will CDU Vorsitzender und zugleich neuer Kanzler werden, der andere ist CSU Vorsitzender und will leider (bis jetzt) in Bayern bleiben. Mit meinem Leider meine ich keinesfalls, dass ich als eingebürgerter Bayer mit ihm nicht zufrieden bin, ganz im Gegenteil. Es soll nur bedeuten, dass er meiner Meinung nach der beste Kandidat für die kommende Kanzlerschaft wäre, den wir bis jetzt in unserer politischen Landschaft haben.

Als Anfang März ein Herr Laschet Corona noch als „bessere" Grippewelle einschätzte, hat Bayerns Ministerpräsident wegweisende Maßnahmen im Kampf gegen Corona ergriffen. Hat uns so, da bin ich voll von überzeugt, vor ein Bergamo oder New York bewahrt. Ein Herr Laschet wird uns jetzt und davon bin ich ebenfalls überzeugt, mit seinem Tun und Lassen eine zweite Welle von Corona Lockdown bescheren. Eine Welle, die das Potential für eine Zerstörung unserer Gesellschaft hat.

Damit meine ich nicht nur die ökonomische Seite der Medaille, die uns noch sehr hart treffen wird. Der bisher ziemlich gute Zusammenhalt unserer Gesellschaft wird durch das planlose Vorgehen von Laschet und einigen Mitstreitern ernsthaft gefährdet. Wir haben jetzt schon eine vier Klassen Gesellschaft. Die zwischen Reich und Arm, sowie die zwischen Corona Hotspot und Corona freie Zonen. Ich meine damit, dass wir momentan dabei sind Menschen zu diskriminieren, weil sie schuldlos aus Regionen unseres Landes stammen, die wegen des Versagens von verantwortlichen Politikern zu neuen Corona Zentren geworden sind. Schon jetzt werden Mitbürger aus den Regionen in NRW, die zu Corona Hotspots erklärt wurden, angefeindet, beschimpft und sogar tätlich angegriffen. Ihre Autos werden beschädigt, sie werden aus Urlaubsregionen verbannt und persönlich für bestehende Einschränkungen verantwortlich gemacht.

Alles das wird sich zunehmend, sollte es weitere solcher Hotspots geben, verschärfen.

Mit dem Geschwafel von Grundrechtseinschränkungen, angeblich überzogenen Corona Maßnahmen und infrage stellen von Wissenschaftlern, spalten Politiker wie Laschet, Lindner und Co. im gefährlichen Maße unsere Gesellschaft. Anstatt gemeinsam an einem Strang zu ziehen, werden Maßnahmen von Kollegen meist versteckt, aber zunehmend offen kritisiert und in Frage gestellt. Eine Kanzlerin, die Gott sei Dank, unaufgeregt und verantwortungsvoll gehandelt hat, wird von eigennützigen, nur auf Karriere getrimmten, sogenannten Landesvätern ins Abseits gestellt. Diese Politiker sollten daran denken, dass das Virus keine Ländergrenzen kennt. Es schert sich nicht um Parteien, nicht um irgendwelche Wahlen und schon gar nicht um Profite und Machterhalt. Es macht auch keinen Unterschied zwischen Alt und Jung, Schwarz und Weiß, Reich und Arm. Leider „nur" die Mortalität ist da unterschiedlich. Was ich damit sagen will, wenn das Virus keinen Unterschied macht, so sollten wir das ebenfalls nicht tun.

Wir hätten, wie es die meisten Wissenschaftler geraten hatten, mit den Lockerungen etwas warten sollen. Leider war die Versuchung für manch einen Landesvater vermeintliche Pluspunkte gegenüber seinem Wahlvolke zu machen so groß, dass die nötige

Vernunft ignoriert wurde. Durch dieses Verhalten werden wir, da bin ich sicher, eine zweite Welle der Infektionen bekommen. Erste Anzeichen sind schon Vorhanden und nicht nur bei der „Systemrelevanten" Fleischindustrie.

Tönnies und Co. zeigen gleich mehrere Schwächen unseres Systems auf. Die hemmungslose Profitgier von verantwortungslosen Kapitalisten, denen die Soziale Marktwirtschaft am A...... vorbeigeht. Denen das Gemeinwohl und unser Grundgesetz vollkommen Schnuppe ist. Die aber, nur mit Hilfe von in Verantwortung stehenden Politikern, so hemmungslos agieren können. Ein Herr Tönnies wurde von vielen, von in NRW Regierenden jahrelang Hofiert, obwohl die, jetzt von diesen Politikern angeprangerten Verhältnisse schon immer bekannt waren. Dass ein Uli Hoeneß Verständnis für solch einen „Unternehmer" zeigt, verwundert nicht sonderlich. So hat er ja selbst in der Vergangenheit mit seinem Handeln gezeigt, wie es um seine Einstellung zum Gemeinwohl steht. Das aber gewählte Politiker Jahrzehnte lang diesem Treiben kein Einhalt geboten haben, ist mehr als skandalös. Es sind Andere wegen weniger zurückgetreten, die keine Ambitionen auf eine Kanzlerschaft hatten. Ein Herr Laschet sollte seine Verantwortung nicht nur in dieser Sache hinterfragen.

Noch etwas ist in diesem Monat publik geworden, was nichts mit Corona zu tun hat. Der ewige „Konfirmand" der CDU, Philipp Amthor wurde als eifriger Lobbyist geoutet. Ein Milchbubi Gesicht, dem man eigentlich so etwas nicht wirklich zugetraut hat. Einer der gern und oft von verschiedenen Talkformaten unserer Öffentlich-Rechtlichen Medienlandschaft eingeladen wurde und uns als naiver, rechtschaffender Jungpolitiker präsentiert wurde. Über den man ein bisschen Lächeln konnte, ihn aber nicht unbedingt ernst nehmen musste. Weit gefehlt wie es sich herausgestellt hat. Das Sprichwort „Kleider machen Leute" hat hier wohl wieder einmal seine Berechtigung gefunden. Ganz im Stile seiner sogenannten Vorbilder (Kohl, Schäuble in diversen Spendenaffären) hat er fleißig ein Unternehmen hofiert, dass nicht einmal in Deutschland Steuern zahlt. Wie sich herausstellte, nicht nur dank seines Bundestagsmandats, unter die Arme gegriffen, sondern seine Beteiligung an späterer Gewinnen gleich mit gesichert. Eine Verurteilung seiner Kollegen im Bundestag auf breiter Front, weit gefehlt. Eine Woche lang etwas Beschämung aufgesetzt. Ein bisschen Unverständnis geheuchelt und anerkennende Worte für einen Teilrückzug geäußert und schon ist das Ganze gegessen.

In einer Welt, wo schon einmal Menschen wegen eines vergessenen Kassenbong oder einer alten Boulette entlassen wurden, ziemlich fraglich. Auch fraglich warum die Opposition und der Koalitionspartner bei derartigem Fehlverhalten so zurückhaltend agiert. Sollte es bei vielen mehr Abgeordneten in etwa so ähnlich zugehen? Eine Vorstellung, die uns nachdenklich machen sollte und unsere Demokratie noch mehr beschädigen würde.

Juli

Der Sommermonat, der in der Medienlandschaft zum sogenannten Sommerloch Monat stilisiert wird. Also mit wenigem, was an wichtigen Nachrichten relevant ist. Das Parlament ist in der Sommerpause, die meisten Politiker sind im Urlaub und diverse Talkformate haben ebenfalls Sommerpause. Eins ist jedoch weiter präsent und ist entgegen, mancher Vorausannahmen trotz Hitzewelle und Sommersonne ungehemmt auf den Vormarsch. Das Virus Covid-19 scheint entgegen manch einer Vorhersage, gegen hohe Sommertemperaturen immun zu sein. Jedenfalls zeigen das, die weiter steigenden Zahlen an Neuinfektionen.

Es dürfte aber auch daran liegen, dass immer mehr Mitmenschen, aus welchem Grund auch immer, die Gefahr, welche von dieser Krankheit aus geht, unterschätzen oder einfach ignorieren. Urlaub auf Mallorca oder anderen, beliebten Urlaubsregionen dieser Welt scheint für viele wichtiger als ihre, oder die Gesundheit anderer zu sein. Ungehemmte Badefreuden und Partylaune lassen so manche Vorsichtsmaßnahmen vergessen machen. Man kann davon ausgehen, dass uns dieses in nächster Zukunft sehr reuen wird. Ähnlich so, wie der Kater nach einer durchzechten Nacht. Nur mit wesentlich verheerenderen Folgen persönlich und für die Allgemeinheit.

Corona stopft das Sommerloch und wird uns sicher noch bis zum Jahresende beschäftigen. Zumindest so lange bis ein Impfstoff für alle verfügbar ist. Natürlich nur einer aus der westlichen Hemisphäre unserer Welt. Die aus Russland und China werden sicher mit unseren ach so hohen moralischen Werten nicht vereinbar sein. Wir verlassen uns lieber auf die Ratschläge eines Herrn Trump, der seine Corona Strategie, wenn man sie so nennen will, als die beste der Welt bezeichnet. Ignoriert natürlich die über 170.000 Tote in seinem Land genauso wie die ständig steigenden Arbeitslosen Zahlen und die rapide steigende Verarmung seines Volkes. Wo bleibt da der Aufschrei unserer Politprominenz, wo die eindeutige Kritik, wen Menschen durch Polizisten öffentlich hingerichtet werden? Kein Anflug von Kritik unserer Regierung, wenn friedlich Demonstrierende zusammengeschlagen, mit Tränengas und Schlagstöcken an ihr Recht gehindert werden. Wenn ein Präsident, aus fadenscheinigen Gründen zu einer Kirche gehen will, deren Besitzer ihn nicht mal dort haben wollten, wird das Volk, dessen Diener er sein sollte, mit brutaler Gewalt von ihm ferngehalten. Kein Statement unserer Regierenden dazu. Es sind ja „unsere Werte", die dieser Präsident verteidigt. Der einzige Unterschied zwischen diesen Präsidenten und dem Russischen ist nur der, dass der Letztere beim Verteilen der Intelligenz in Vorteil war.

Wenn man die Pressekonferenzen im White House verfolgt, könnte man denken, dass man sich Folgen einer Comedy Serie anschaut, bis man erschreckend feststellt, dass dort der angeblich mächtigste Mann unserer Welt steht. Vielleicht hat manch einer das Buch von Mary Trump „Zu viel und nie genug" gelesen. Ich leider bisher nur einige Auszüge, doch das allein hat gereicht, dass zu bestätigen, was ich bisher vermutet hatte. Ein Krimineller, lügender Soziopath hat sich eine der größten Demokratien unter dem Nagel gerissen. Auch wenn man sicher mit recht der Autorin persönliche Rachegelüste und Profitgier an ihrem Buch unterstellt, so werden jedoch Charaktereigenschaften dieses Präsidenten offenbart, die immer mehr in seinem Tun und Handeln erkennbar sind.

Um klarzustellen, ich bin kein USA Hasser. Im Gegenteil, bei vielen Reisen durch dieses fantastische Land, habe ich es und die dort lebenden Menschen schätzen und lieben gelernt. Nicht in den Touristenhochburgen, sondern individuell von Nord nach Süd. Selten habe ich so hilfsbereite und gastfreundliche Menschen kennengelernt. Umso mehr schmerzt es, den Abstieg dieser großartigen Nation mitzuerleben. Es zeigt uns auch deutlich, dass selbst in einer angeblich stabilen Demokratie, einzelne diese ernsthaft gefährden können.

Viele unter uns sagen, selbst schuld. Warum haben die vielen Amerikaner einem solchen Typen zu ihren Präsidenten gewählt? Ich bin anderer Meinung. Schuld war die Politik der vorhergehenden Administrationen und deren Establishment. Viele Amerikaner hatten die Nase voll immer wirtschaftlich zu den Verlieren zu gehören. Sie hatten genug von der abgehobenen Schicht der sogenannten Intellektuellen, die sich immer mehr als bessere Amerikaner bezeichneten. Sie wollten keine Hillary Clinton, die ein weiter so publizierte und die zahllosen Kriege, die ihre Vorgänger angezettelt haben, als gut bezeichnete. Die zum Beispiel die Eskalation gegen Russland weitergetrieben hätte. Sie vielen auf einen Scharlatan rein, der all das anprangerte und ihnen Amerika First versprach. Dass er damit Trump First meinte, kam erst nach der Wahl zum Vorschein. Eins muss man auch klar und deutlich sagen. Wo waren die vielen Kritiker, die momentanen Enthüllungsautoren vor der Wahl von Trump? Ist es vielleicht so, dass sie sich persönlich mehr Vorteil von dessen Tun und Handeln erwartet haben und jetzt enttäuscht sind?

Eins zeigt die momentane Situation in den Vereinigten Staaten ganz deutlich. Erkämpfte demokratische Errungenschaften können schnell und schmerzhaft verloren gehen. Wenn es stimmt, was allgemein behauptet wird, das amerikanische Verhältnisse spätesten nach zehn Jahren bei uns Standard sind, sollten wir sehr wachsam sein. Nur befürchte ich, dass wir keine zehn Jahre mehr Zeit haben.

August

Der Monat, in dem Corona immer noch präsent ist.
Viele Schulen wieder begonnen haben und einige auch
gleich wieder geschlossen wurden. Was uns zeigt, dass
die Pandemie noch keineswegs erfolgreich beendet
werden kann. Anstatt froh darüber, zu sein, dass wir in
unserem Land ziemlich erfolgreich mit der Krise bisher
umgegangen sind. Was eher den meisten Bürgern und
ihrem besonnenen Handeln zu verdanken ist, als den
vielen Politikern, die sich einen mehr oder weniger
schönen Wettstreit im Krisenmanagement liefern. Gibt
es einige wenige, die die Gefahr immer noch
anzweifeln. Die in „sozialen" Netzwerken, ich nenne
sie stupid Platforms (Verdummungsplattformen) oder
Datenbeschaffungsmaschinen, gegen die Maßnahmen
in unerträglicher Form wettern.
Verschwörungstheorien verbreiten und letztendlich
mit sogenannten Anti Corona Demonstrationen uns
alle gefährden.

Natürlich ist es legitim, in einer Demokratie die
Beschlüsse der Regierenden zu hinterfragen und auch
anzuzweifeln. Aber wissenschaftliche Erkenntnisse zu
verleumden ist nicht nur äußerst dumm, sondern kann
auch sau gefährlich werden. Wenn sich der
verschwindende kleine Teil unserer Gesellschaft nur
selbst damit schaden würde, könnte man es glatt

ignorieren. Doch dieses Virus gefährdet uns alle, gesundheitlich, ökonomisch und nicht zuletzt jedem Einzelnen das eigene Leben.

Wenn diese sogenannten „Querdenken 711" Organisatoren es mal wirklich mit Denken versuchen würden, könnten ihnen viele andere Gründe zur Demokratie Verteidigung einfallen. Vielleicht der ständig wachsende Unterschied zwischen Arm und Reich, die nahende Klimakatastrophe, der ausufernde Lobbyismus in unserer Regierungspolitik. Die ins unermesslich steigenden Energiekosten, das kriminelle Agieren des globalen Finanzkapitals und vieles mehr. Jedoch lässt das Agieren dieser Leute vermuten, dass nur eine neue Plattform für rechts gerichtete Propaganda geschaffen wird. Auch wenn die sogenannte Erstürmung der Reichstagtreppe nicht mehr war als ein Sturm im Wasserglas, ein Ereignis, dass von den Medien mal wieder endlos aufgebauscht wurde, so zeigt es doch deutlich, wer und was sich dort vereint.

Wahrhaftiger Kampf um Demokratie wird uns derzeit in einem anderen europäischen Land vor Augen geführt. Weißrussland hat gewählt und wie zu erwarten war, hat der dortige Machthaber Alexander Lukaschenko mit über achtzig Prozent der Stimmen gewonnen. Wenn man dort von Wahlen spricht, ist das mit Sicherheit eine maßlose Übertreibung. Relevante Gegenkandidaten von Lukaschenko wurden im Vorfeld

verhaftet oder zur „Wahl" nicht zugelassen.
Unabhängige Medien existieren faktisch nicht. Nun hat
das Volk die Nase voll von dieser Diktatur und geht auf
die Straße. Im Gegensatz zu den Protesten in unserem
Land, sind diese dort für die Demonstranten äußerst
gefährlich. Nicht nur, dass es bereits Todesopfer gibt,
riskieren die Demonstrierenden ihre persönliche
Freiheit und den Verlust jeglicher Existenzgrundlagen.
Es werden ihnen die Kinder genommen,
Familienmitglieder verhaftet und die Berufsausübung
verwehrt. Also alles Dinge, die unsere „Querdenker"
nicht zu befürchten haben. Trotzdem faseln diese von
der Vernichtung der Demokratie in unserem Land,
lassen aber zu, dass viele ihre Demos dazu benutzen,
um solche Diktatoren wie in Weißrussland zu
verherrlichen. Ich glaube, dass das mit Denken nichts
mehr zu tun hat.

Ein anderer oppositioneller Politiker des größten
Landes unserer Welt, der Russe Alexej Nawalny ist im
August mutmaßlich vergiftet worden. Wenn man
davon ausgeht, dass ein Suizidversuch ausgeschlossen
ist, muss man sich zwangsläufig die Frage stellen, wem
nutzt dieser Akt der Unmenschlichkeit? Als Erstes
fallen einem natürlich diejenigen ein, denen er am
meisten geschadet hat. Also den Kreml und damit den
Präsidenten Russlands, Wladimir Putin. Sollen wir
wirklich glauben, dass dieser Mann so stümperhaft
vorgeht und dann noch freiwillig den todkranken
Patienten nach Deutschland lässt? Mir fällt es schwer,

der Argumentation unserer sogenannten Qualitätsmedien zu folgen, dass solche Anschläge allein dazu dienen, Angst und Schrecken unter den Oppositionellen in Russland zu verbreiten. Der ökonomische Schaden für Russland und seinem Ansehen im Ausland ist um vieles höher, als der fragliche Nutzen einer Einschüchterung der inneren Opposition.

Putin hat trotz, dem Agieren Nawalnys immer noch eine komfortable, stabile Mehrheit an Unterstützung im eigenen Land und außerdem ist die Akzeptanz von Alexej Nawalny in der russischen Bevölkerung bei weitem nicht so groß, wie man es hierzulande uns weiß machen will. Alexej Nawalny ist nicht nur Putin auf die Füße getreten, sondern hat sich auch bei vielen sogenannten Oligarchen und Geheimdienstlern unbeliebt gemacht. Also viele Akteure sind in diesem perfiden Spiel involviert. Deshalb wäre es angebracht, mit Schuldzuweisungen in welche Richtung auch immer, sehr zurückhaltend zu sein. Wenn wir dem rechtsstaatlichen Grundsatz der Unschuldsvermutung folgen wollen, sollten wir das auch in Richtung Moskaus handhaben.

Bekennende Gegner Putins unter unseren Politikern waren schnell mit Verurteilungen in Richtung Kreml unterwegs und hatten sogleich die Keule der Sanktionen in der Hand. Auffallend dabei die Forderung des sofortigen Stopps der Gas-Pipeline Nord

Stream 2. Abgesehen davon, dass dieser Stopp geltende Verträge beschädigen und immense Strafzahlungen nach sich ziehen würde, die natürlich wieder der Steuerzahler übernehmen muss, würde der Energiepreis bei uns noch mehr steigen. Wir müssten dann das teure, sehr umweltschädliche Fracking Gas der Amerikaner nutzen, um unseren Energiebedarf zu sichern. Die Kosten für den Verbraucher würden noch unkalkulierbarer werden. Wenn wir Wirtschaftsbeziehungen wirklich von moralischen und rechtsstaatlichen Werten abhängig machen würden, hätten wir kaum noch nennenswerte wirtschaftliche Partner. Wir wären lange nicht mehr der Exportweltmeister und stünden selbst im eigenem, sogenannten Wertelager ziemlich einsam da.

Jemand der gern unser neue Kanzler werden will, war einer der Ersten, der in das Halali gegen Russland eingestimmt hat. Norbert Röttgen forderte den sofortigen Stopp des fast fertiggestellten Pipelinprojektes. Bewahre uns wer auch immer vor solch einem Kanzler. Populismus und offene Lobbytätigkeit hat nun wirklich nichts im Kanzleramt zu suchen. Ein sogenannter Wertevergleich den dieser Kandidat zum CDU Vorsitz ständig in den Mund nimmt, wäre auch in westlicher Richtung angebracht. Genauso wenig wie die politischen Verhältnisse Russlands nichts mit meinen Werten zu tun haben, sind mir die Werte der amerikanischen Administration ebenfalls fremd. Ganz zu schweigen von denen Saudi-Arabiens und anderen despotisch regierten Staaten dieser Welt, mit denen wir enge wirtschaftliche Beziehungen pflegen.

September

Der Monat, in dem Corona wieder auf dem Vormarsch ist. Man kann sie kaum noch hören, diese Nachrichten von dem Jahrhundertvirus. Hier einige Schlagzeilen trotzdem und für alle, die glaubten, dass wir es bereits überstanden haben.

1. September

Da die Anzahl der Corona Infektionen in Kuba wieder nach oben gegangen war, wurde die Hauptstadt Havanna 15 Tage lang strikt abgeriegelt.

1. September

In den USA stieg die Zahl der Corona Infektionen auf mehr als sechs Millionen. Binnen 24 Stunden wurden 32 087 Neuinfektionen registriert. Die Zahl der Todesopfer stieg um 428 auf 183 050.

1. September

In Frankreich wurden am gestrigen Tag 4982 neue Corona-Fälle gemeldet, während es am Montag noch 3082 gewesen waren. Außerdem starben binnen eines Tages 26 Menschen an der Infektion.

1. September

In Großbritannien wurden in den vergangenen 24 Stunden 1295 positiv auf das Corona Virus getestet.

Drei Menschen starben in dieser Zeit. Somit wurden in Großbritannien seit Ausbruch der Pandemie mehr als 338 000 Menschen infiziert und 41 500 Menschen starben an dem Virus.

11. September

In Frankreich erreichte die Infektionszahl mit dem Corona Virus eine Rekordzahl. Es gab 9843 neue Fälle innerhalb eines Tages. Die französische Regierung wird über neue Maßnahmen zur Eindämmung der Pandemie beraten.

16. September

In Indien stiegen die Corona-Neuinfektionen seit Wochen schneller als in jedem anderen Land. Die Zahl von fünf Millionen Infizierten war überschritten. Innerhalb von 24 Stunden wurden 90 000 Neuinfektionen registriert.

16. September

Wegen hoher Infektionszahlen warnte die Bundesregierung vor nicht notwendigen, touristischen Reisen nach Wien und nach Budapest. Neue Reisewarnungen wurden auch für mehrere Regionen in Frankreich, Kroatien, Tschechien, Rumänien, den Niederlanden und der Schweiz herausgegeben.

19. September

Die Zahlen der Corona-Neuinfektionen in Europa stiegen rasant an. Die Regierungen versuchten, mit schärferen Maßnahmen der Entwicklung entgegenzuwirken. In Frankreich wurden mehr als 13498 neue Fälle innerhalb von 24 Stunden gemeldet. Auch in Großbritannien verdoppeln sich die Zahlen der Covid-19-Patienten alle acht Tage. Mit 42 000 Corona-Toten ist Großbritannien das Land mit den meisten Todesopfern in Europa. Spanien ist das am stärksten von der Pandemie betroffene Land Europas. Diese Woche wurde die Marke von 600 000 Ansteckungen überschritten. Auch in Italien stiegen die Zahlen der Infektionen in den vergangenen sechs Wochen kontinuierlich an. Am Freitag betrug die Zahl der Neuinfektionen 1907, was der höchste Stand seit Mai war. Auch in Irland, Griechenland, Polen, Litauen und Dänemark wurden neue Höchstwerte erreicht.

21. September

In Großbritannien wurde der Covid-19-Alarm auf die zweithöchste Stufe angehoben. Es werden weitere Maßnahmen zur Eindämmung des Virus erwartet.

21. September

Wegen explodierender Infektionszahlen wurde in Madrid in Spanien Teile der Hauptstadt abgeriegelt. Das führte bereits zu Protesten.

30. September

Wegen hoher Corona-Infektionszahlen hatte die Bundesregierung nun auch Island und Belgien sowie einzelne Regionen in neun weiteren europäischen Ländern als Risikogebiete eingestuft.

Und so weiter und so fort. Jetzt könnte man auf die Idee kommen, dass diese Meldungen ja nur das Ausland betreffen, also nicht für Deutschland entscheidend sind. Nun auch bei uns steigen die Infektionszahlen wieder an. Zwar nicht so rasant wie in vielen anderen Regionen dieser Welt, doch sie sind signifikant im Aufwärtstrend. Man muss kein Wissenschaftler sein, um zu erkennen, dass dieses Virus vor keiner Grenze haltmacht.

Politiker wie Merkel oder Söder werden wegen ihrer Warnungen und Forderungen zu mehr Einschränkungen verspottet oder sogar angefeindet. Wissenschaftler werden bedroht und verleumdet, sie und ihre Familien stehen teilweise unter Polizeischutz. Wenn das demokratischer Diskurs sein soll, dann nähern wir uns dem Ende der Demokratie. In solchen Krisen sollten wir eher zusammenstehen, als uns gegenseitig anzufeinden.

Bevor wir uns die Frage stellen, ob all die Einschränkungen notwendig sind, sollten wir uns fragen, mit wie vielen Toten und schwerstens Erkrankten wir leben können und wollen? Wen wir dann an den Gräbern unserer Eltern oder Großeltern die Schuld geben? Keiner von uns kann genau vorhersagen, welches Potential diese Pandemie noch bereithält. Nur eines ist sicher, solange kein geeigneter Impfstoff oder ein wirksames Medikament existiert, werden wir mit dieser Gefahr Leben müssen.

Trumps Außenminister Pompeo verkündet, dass Konten von Fatou Bensouda, Chefanklägerin des Internationalen Strafgerichtshofs eingefroren werden, weil sie mögliche US-Kriegsverbrechen in Afghanistan untersucht. Kein Statement oder gar Einspruch unserer Regierung. Wo sind die Verteidiger unserer Werte, die immer dann nach Sanktionen Rufen, wenn Menschenrechtsverletzungen von weiter östlich gelegenen Gebieten unserer Erde bekannt werden. Werden hier etwa unterschiedliche Maßstäbe in der Bewertung von Kriegsverbrechen angewandt? Auch unsere Qualitätsmedien des öffentlich, rechtlichen Rundfunks haben dieser Meldung keinerlei Bedeutung beigemessen. Kaum zu glauben, dass ihnen dieses entgangen ist. Es war schließlich eine DPA Meldung und auch Reuters hat darüber berichtet. Verwunderlich, da man doch bei ähnlichen Dingen, die zum Beispiel Russland betreffen, ganze Talkshow Rallys bestreitet.

In der Süddeutschen habe ich einen Artikel gelesen, wo man sich Gedanken über zu viel Demokratie macht. Es wird ernsthaft darüber lamentiert, ob zu viel

Demokratie, der jetzigen schaden kann. Es sind nicht die Anti Corona Maßnahmen Demos, nicht die Verschwörungstheoretiker und nicht die Fridays for Future Demos der Jugend, die unsere Demokratie gefährden. Es ist die Ignoranz der Politik gegenüber den Sorgen und Ängsten der Bürger im jetzt und heute, die die Wähler in die Arme der Extremisten treibt. Eine Lobbypolitik, die nicht mehr kontrollierbar ist und die Reichen immer reicher macht, sorgt für Frust über die Demokratie. Die sogenannten Eliten, die das Hundertfache eines normalen Arbeiters bekommen (nicht verdienen) und die, die Millionen von Steuern am Staat vorbei jonglieren, ohne bestraft zu werden, sind die Totengräber unserer Demokratie.

Alles schon mal dagewesen!

Oktober

Oktober, der Monat des sogenannten goldenen Herbstes. Nun gut, so golden wie erwartet war er nicht. Meist trübes und regnerisches Wetter. Wobei der Regen für die arg gebeutelte Natur noch viel zu wenig war. Aber auch für einige Zeitgenossen würde eine kalte Dusche des Öfteren, dem überhitzten Gemüt guttun. Nicht nur bei der momentanen Pandemie und dem Hickhack von Maßnahmen, die immer weniger von Vernunft, als eher von machtpolitischen Interessen Einzelner geleitet werden. Eigentlich benötigt man zurzeit, so etwas wie eine Corona Maßnahmen Landkarte für Deutschland, wenn man durchs Land reisen will. In welchem Bundesland darf ich das und wo ist jenes verboten. Man hat den Eindruck, dass all die Maßnahmen nicht immer unbedingt von wissenschaftlichen Erkenntnissen abhängen, sondern oft von den persönlichen Einschätzungen der/des jeweiligen Landesmutter/Landesvater und deren politischer Orientierung.

Das klingt vielleicht jetzt ein wenig überheblich, aber schon in meinem Juni Blog habe ich vor der zweiten Welle gewarnt. Da haben bereits einige sogenannte Eliten aus Politik, Medien und „Prominenz" wieder angefangen, das Virus kleinzureden. Ihnen war es wichtiger, die Klientel der „Insel Hüpfer" und deren Profiteure zu bedienen, als auf die anhaltenden Gefahren dieser Pandemie zu achten. Für viele war es wichtiger auf Mallorca oder den anderen spanischen Baleareninseln am Strand zu feiern, als an die eventuellen Gefahren zu denken. Hier wäre sicher die kalte Dusche vorher angebracht gewesen.

Nun hat man in plötzlicher Einigkeit auf Bundes- und Landesebene ab ersten November einen erneuten "Lockdown Light" für Deutschland beschlossen. Anscheinend hat nicht unbedingt die Vernunft allein gesiegt. Einzig die explodierenden Corona Fallzahlen haben den bisher sehr zögerlichen Politikerinnen und Politiker mancher Landesregierung zum Einlenken bewogen. Hoffen wir, dass dieser nicht zu light ist.

Des Öfteren kalt duschen sollten auch manche Politiker und Journalisten, die momentan mit aller Macht auf unsere Polizei verbal einschlagen. Sie reden ein „großes" Rassismus Problem in den Reihen unserer Sicherheitsorgane herbei, wo es meist um Taten einiger weniger verirrten Beamten geht. Laut der "Mitte"-Studie der Friedrich-Ebert-Stiftung von 2019 vertreten rund 7 Prozent der Bevölkerung rassistische Auffassungen. Wenn man davon ausgeht, dass bei Polizei und Bundeswehr mehr oder weniger ein Querschnitt dieser Bevölkerung existiert, sind die Wenigen mit rassistischem Gedankengut, im Vergleich zur Gesamtanzahl der Beamten verschwindend gering.

Spätestens nach den NSU Morden und den Versuch, dies gerichtlich und politisch aufzuarbeiten, wissen wir, dass einige Behörden eher auf dem rechten Auge den „braunen" Star haben und links das Adlerauge. Da aber lag es eher an den jeweiligen Entscheidungsträgern, als an den ermittelnden Beamten.

Grünen-Chefin Annalena Baerbock spricht von einem „fetten Problem" innerhalb der Sicherheitsbehörden und verlangt eine Aufarbeitung in großem Stil. Eine sehr populistische Aussage von jemanden, der ansonsten vehement vor Populismus warnt. Ehe man hier die Keule gegen bestimmte Beamten schwingt, sollte man lieber analysieren, warum immer mehr Polizisten frustriert ihren Dienst verrichten. Wer fällt denn wohl zum Beispiel in Berlin den Beamten der dortigen Polizei ständig in den Rücken? Der grüne Justizsenator Dirk Behrendt, hat ein "Anti-Polizei-Gesetz" auf den Weg gebracht. Es geht um das Landesantidiskriminierungsgesetz (LADG), das Diskriminierung wegen der Herkunft, des Geschlechts, der Religion oder der Weltanschauung verhindern soll.

Obwohl bereits ohne dieses Gesetz eine Diskriminierung nicht mehr erlaubt ist, wurde nun ganz ohne Not dieses beschlossen, welches für die gesamte Berliner Verwaltung gilt. Doch damit nicht genug, schafft dieses Gesetz beim Thema Diskriminierung sowohl die Unschuldsvermutung ab und führt zudem neben dem Verbandsklagerecht auch die Beweislastumkehr ein. Demnach reicht es, wenn jemand behauptet, dass er von einem Vertreter der öffentlichen Verwaltung und damit auch von Berliner Polizisten diskriminiert wurde. Dann muss dieser Mitarbeiter selbst beweisen, dass dem nicht so war. Der DBB hat bereits den Regierenden Bürgermeister Müller aufgefordert, dem Treiben dieses Justizsenators ein Ende zu setzen.

Systematisch wurde in den vergangenen Jahrzehnten die Polizei durch Mitarbeiter Abbau ausgedünnt und geschwächt. Wenig Gehalt und viele Überstunden wirken nicht wirklich motivierend auf die Beamten. Frustrierender wird es da noch, wenn der politische Rückenhalt fehlt und den Polizisten der Dienst vom Dienstherren erschwert wird. Eine lasche Strafverfolgung durch die Justiz fördert die Frustration innerhalb der Polizei und macht das Leben für uns Bürger nicht sicherer. Bevor man 1.307.935 Menschen (laut Statistisches Bundesamt) nur aus Afghanistan, Syrien und den Irak hier hereingelassen hat. In vielen Fällen junge Männer ohne gültige Dokumente, hätte man sich vielleicht überlegen sollen, die Sicherheitsbehörden dementsprechend mit Material und einer entsprechenden Anzahl an Beamten auszustatten.

Ich will hier nicht den Eindruck erwecken, dass alle diese Menschen für Probleme in unserer Gesellschaft verantwortlich oder gar kriminell sind. Doch ein gewisser Anteil von ihnen hat wenig Ahnung von unserem Rechtssystem.

SPD und Grüne Politik hat über viele Jahre der sogenannten Clanbildung in unseren Großstädten mehr oder weniger tatenlos zugeschaut. Sie haben den Warnungen von Kriminalämtern kaum Beachtung geschenkt. Jetzt wo dieses in krimineller Hinsicht kaum noch beherrschbar ist, wälzt man das Problem mal wieder auf den Rücken der einfachen Beamten ab. Das in Städten wie Berlin mit diesem neuen LAD-Gesetz, kann nur zur Katastrophe führen.

In den USA hat der Count Down zur Wahl des 46. Präsidenten begonnen. Bei Amtsinhaber Trump, der nach seiner Wunderheilung die Wahlrally mit ungebrochenem Elan wiederaufgenommen hat, werden die Auftritte immer skurriler und bösartiger. Anstatt entsprechend seinem Amt mit Staatsmänniger Gelassenheit zu agieren, heizt er die Stimmung im Land gefährlich an und polarisiert mit offenen Lügen und falschen Behauptungen. Er führt sich immer mehr wie ein in die Enge getriebener Diktator auf, der vollkommen vergessen hat, dass sein Land eins der größten Demokratien der Welt ist.

Wer nun aber glaubt, dass ihm das schaden könnte, hat weit gefehlt. Seine Anhängerschaft ist ungebrochen und das Einzige, was ihm noch schaden kann, ist die Corona Pandemie. Besser gesagt sein

Umgang mit dieser. Die Amerikaner verzeihen viel, doch Spott und Häme über ihre Toten wird auch einem Donald Trump kaum verziehen. Wäre keine Krise, würden wir mit Sicherheit weitere vier Jahre diesen Clown ertragen müssen.

November

November, was für ein Monat? Gleich der Beginn dieses trübsten Monates des Jahres. Manche bezeichnen ihn auch als Todesmonat vielleicht, weil sie damit den Totensonntag und Allerheiligen verbinden. Doch die meisten Menschen sterben laut Statistik im Februar und nicht im November. Obwohl in diesem Jahr alles anders ist als sonst statistisch üblich.

Ja, gleich zu Beginn im November fand „Die Wahl" der letzten fünfundsiebzig Jahre statt. Ein Clown, oder womöglich auch ein Medienstar, schickte sich an, für weitere vier Jahre die Welt für dumm zu verkaufen. Man sollte annehmen, dass in der führenden Volkswirtschaft dieser Welt eine solche Wahl, sagen wir mal in spätestens drei Tagen gelaufen sein sollte. Falsch angenommen, denn bis heute (09. Dezember 2020) ist es immer noch nicht zu einhundert Prozent sicher, dass der momentane Präsident am zwanzigsten Januar nächsten Jahres sein Amt abtreten wird. Nicht etwa, weil er diese Wahl gewonnen hat. Nein, weil er diese per tu nicht anerkennen will und von Walbetrug und Manipulation schwafelt.

Sollte jemand denken, dass ich hier von einer ehemaligen Sowjetrepublik spreche, weit gefehlt. Es geht um die angeblich größte Demokratie unserer Welt. Die USA haben einen neuen Präsidenten gewählt. Das Ergebnis ist knapp, aber eindeutig. Der Alte will dieses jedoch nicht anerkennen und befeuert seine Anhänger mit krudesten Verschwörungstheorien von Wahlfälschung und heftigen Anschuldigungen hinsichtlich Betrug in Richtung seiner politischen Gegner. Natürlich alles ohne jeglichen Beweis.

Nun ja, dass ein Herr Trump ein großes Problem mit der Wahrheit hat, ist hinlänglich bekannt und überrascht niemandem wirklich. Was jedoch zumindest nachdenklich stimmt ist, dass Entscheidungsträger seiner republikanischen Partei ebenfalls ins selbe Horn blasen. Allen voran der Mehrheitsführer im Senat Mitch McConnell. Eigentlich sollte man annehmen, dass in einer funktionierenden Demokratie der Wahlverlierer mit Anstand und Würde seine Niederlage eingesteht und zumindest dem Gewinner einen gewissen Respekt zollt. In der jetzigen USA weit gefehlt. Im Gegenteil, der schmutzigste Wahlkampf in der Geschichte dieses Landes wird munter weitergeführt und der neu gewählte Präsident, sowie seine Mitstreiter werden diskriminiert und mit Dreck beworfen.

Eigentlich könnte man sagen, was soll's? Sind halt die „Amis", hat nichts mit uns zu tun. Weit gefehlt, meiner Meinung nach. Die USA sind im Selbstverständnis und auch überwiegend außerhalb als führende Weltmacht anerkannt. Ich bin da etwas anderer Meinung, aber das soll hier keine Rolle spielen. Wenn es die

Weltmacht schlecht hin ist, dann hat das Tun und Handeln, auch in inneren Belangen, auf die gesamte Welt mehr oder weniger Vorbildwirkung. Andere Despoten dieser Welt reiben sich schon jetzt die Hände und werden in Zukunft ihr Handeln, mit Fingerzeig auf Amerika begründen. Auch besteht eindeutig die Gefahr, dass in der EU einige Regierungschefs sich ein Beispiel nehmen könnten. Die von Polen und Ungarn sind schon kräftig dabei. Jedenfalls kann man bis zum zwanzigsten Januar, der Machtübergabe am Kapitol in Washington D.C. nicht sicher sein, ob sich diese Weltmacht noch weiter von der Demokratie verabschiedet oder die Vernunft siegt.

Am sechsten November meldete das Robert Koch Institut erstmals 21 506 neue Corona Infektionen und die Todesfälle in Zusammenhang mit Covid-19 stiegen auf fast zwölf tausend. Es rächt sich nun, dass wir die Bedrohung nicht genug ernst genommen haben. Dass wir uns in den Sommermonaten zu sicher fühlten und dass viele der politischen Entscheidungsträger uns mit ihren unterschiedlichen Maßnahmen und Einschätzungen komplett verwirrt haben. Auch einige der Virologen haben vehement eine zweite Welle in Abrede gestellt. Ganz zu schweigen von unseren „beliebten" Talkshow Veranstaltern und einem Großteil der Journalisten in den verschiedensten Medien. Die haben sogar noch bis vor kurzem behauptet, dass die Maßnahmen unverhältnismäßig seien, dass einige wie Merkel und Söder überreagieren. Natürlich wollen sie jetzt davon nichts mehr wissen und suchen mal wieder die Schuld bei jedem anderen. Das bei einer solchen Pandemie auch Fehler gemacht werden ist verständlich. Doch Fehler immer zu wiederholen ist schlicht weg Dummheit. Eine Dummheit, so befürchte ich, die noch vielen schlimmes Leid zufügen wird.

So langsam wäre es angebracht, dass ein koordiniertes Handeln in der Bekämpfung der Pandemie Einzug hält. Wir sehen auch jetzt noch, dass sich so mancher „Landesfürst", sprich Ministerpräsident weigert, den Tatsachen ins Auge zu blicken. Meiner Meinung nach ist es quatsch, dass man in Mecklenburg oder Schleswig-Holstein lockert nur, weil die momentanen Fallzahlen es hergeben. Die vergangenen Monate haben gezeigt, dass das Virus sich auch dort und gerade dort rasend schnell verbreitet, wo es kurz vorher noch kaum nennenswerte Fallzahlen gab (siehe die Ostdeutschen Länder). Also einen harten Lockdown für gesamt Deutschland bis die Zahlen in allen Bundesländern moderat und von dem Gesundheitswesen beherrschbar sind, wäre jetzt dringend notwendig.

Doch leider fürchte ich, dass mal wieder das parteipolitische Hickhack Oberhand gewinnt und wir noch viele tausende Tote bis zu einer, durch Impfung entstandenen Immunität beklagen müssen. Als Ersatz dafür haben wir wenige Reiche noch reicher gemacht.

Im Sommerquartal hatte sich die deutsche Wirtschaft stärker vom Corona-Absturz erholt als bisher angenommen. Das Bruttoinlandprodukt wuchs von Juli bis September um 8,5 Prozent.

Noch eins zu unserer so hochgelobten Rechtsstaatlichkeit. In Leipzig demonstrierten am siebten November mehr als 20 000 Menschen gegen die derzeitigen Corona-Maßnahmen. Der Großteil ohne Mund-Nasenschutz und von Abstandsregeln ganz zu schweigen. Von dem Unverständnis, das ein Gericht in der jetzigen Situation solches überhaupt erlaubt, mal abgesehen. Dass aber die Staatsgewalt es zulässt, dass so viele Menschen sich ungestraft gesetzliche Anordnungen hier wiedersetzten dürfen und anderswo Einzelpersonen mit harten Bußgeldern belegt werden, hat meiner Meinung nach nichts mit Rechtsstaatlichkeit zu tun. Von diesen verqueren Denkern wird vollmundig das Grundgesetz, im speziellen der Artikel 8, in der die Versammlungsfreiheit garantiert wird, hinausposaunt. Hat diesen Vollpfosten noch niemand erklärt, dass im selben Artikel dieses Grundgesetzes folgender Passus auch steht. „Die Versammlungsfreiheit kann durch kollidierendes Verfassungsrecht eingeschränkt werden. Von besonderer praktischer Bedeutung ist hierbei die Staatspflicht zum Schutz von Leib und Leben seiner Bürger".

Dezember

Dezember, der letzte Monat des Corona Jahres 2020. Der Monat mit den höchsten Fallzahlen und leider auch mit den meisten Todesfällen in Zusammenhang mit Corona in diesem Jahr. Aber auch der Monat, der die Hoffnung auf ein besseres 2021 entfacht. Weil durch den Beginn der Impfkampagne eine berechtigte positive Erwartungshaltung entfacht wird. Es ist zu hoffen, dass die Mehrzahl der Weltbevölkerung in den Genuss dieser Impfung kommt und vor allem, dass sich die meisten auch impfen lassen. Auch wenn wir jetzt noch nicht wissen, wie lange dieser Schutz hält, so ist es doch von immenser Bedeutung, dass es der Wissenschaft gelungen ist, schnell und unbürokratisch ein solches Ergebnis zu erzielen. Es zeigt uns, dass wenn die vorhandenen Ressourcen richtig genutzt werden und ein gemeinsames Handeln im Vordergrund steht, vieles möglich ist.

Diese Pandemie zeigt auch, dass der Mensch keineswegs den Launen der Natur gewachsen ist. Im Gegenteil, die Natur gewinnt gegenüber der sogenannten menschlichen Vernunft, die uns immer mehr abhandenkommt. Man könnte hoffen, dass uns die Gefahren dieser Pandemie zu besseren Menschen macht, dass wir mehr Empathie und Mitgefühl gegenüber unseren Mitmenschen und der Natur um uns herum in Zukunft aufbringen werden. Doch leider befürchte ich, dass wir weiter uns gegenseitig bekriegen werden und dass der Kampf um Vorherrschaft auf die immer knapper werdenden Ressourcen dieser Erde noch unbarmherziger geführt wird. Schon jetzt beglückt die Politik Großkonzerne und die Reichsten mit Milliarden schweren Hilfsprogrammen und speist die sogenannten Kleinen mit Alibigeldern ab. Es werden Versprechen gemacht, die man nach der Wahl mit Sicherheit wieder vergessen wird. Genauso wie bei der letzten Finanzkrise, wo man ein weiter so großspurig verhindern wollte. Nur ist es nach über zehn Jahren nicht anders wie davor. Keine echte Regulierung der Märkte und die Bonis der Baenker noch höher wie vor der Krise, dank unserer Steuergelder.

Unsere Politiker werfen mit den ihnen von uns anvertrauten Geldern herum, als sei es Silvesterkonfetti, hauptsächlich um sogenannte systemrelevante Bereiche zu retten. Nur wer oder was systemrelevant ist, entscheidet nicht derjenige, der das alles bezahlen muss, sondern die Lobbyisten, die mittlerweile mehr zu sagen haben, als unsere sogenannten Volksvertreter. Die übrigens im Bundestag an Anzahl und Einfluss den von uns gewählten Abgeordneten weit überlegen sind und mittlerweile ganze Gesetzestexte formulieren dürfen. Die Behauptung das, dass alles zur Rettung von Arbeitsplätzen dient, ist schlichtweg gelogen. Schon weit vor der Pandemie haben die meisten sogenannten systemrelevanten Konzerne massiven Arbeitsplatzabbau angekündigt. Übrigens oft mit der Begründung, dass die sogenannten, ehrgeizigen Ziele der Klimapolitik, sie dazu zwinge. Nur vergessen sie dabei, zu sagen, dass die Boni der Manager und die Dividenden der Großaktionäre ins Unermessliche gestiegen sind.

Unser ach so gelobtes Gesundheitssystem ist in diesem Monat an seine Grenzen gestoßen. Mal wieder beweist es sich, dass der Markt doch nicht das bessere Mittel der Wahl ist. Mit der Privatisierung unserer Krankenhäuser wurden diese auf Teufel komm raus kaputtgespart. Wegen Profitoptimierung gibt es nur noch wenig qualifiziertes Personal, dass meist auch noch unterbezahlt ist. Notwendiges Schutzmaterial fehlte an allen Ecken und Kanten, Hygiene Standards kaum vorhanden da auch dort kein qualifiziertes Personal vorhanden ist. Eingespart auf Kosten der Gesundheit von Patienten. In der Pandemie wurde notwendiger Weise nachgebessert. Natürlich vom Staat, also mit unseren Steuergeldern. Wie üblich, die Profite gehen in die Taschen Einzelner, die Verluste muss dann die Gemeinschaft tragen.

Hier eine kleine persönliche Erfahrung mit dem System meinerseits. Im März dieses Jahres viel ich zu Hause während einer angeblichen Erkältung mit Fieber ins Koma. Meine Frau benachrichtigte über 112 den

Rettungsdienst, der trotz der Info, dass ich nicht mehr ansprechbar bin, nicht kam und auch keinen Notarzt vorbeigeschickt hat. Schwiegersohn und Frau brachten mich dann selbstständig in ein etwas weiter entferntes Krankenhaus, da die in der Nähe aus Furcht vor Corona nicht bereit waren, mich aufzunehmen. Ich litt bereits an akutem Nierenversagen und es war höchste Zeit, mich entsprechend zu behandeln. Als ich am nächsten Tag aufwachte, befand ich mich in einem Zimmer auf einer Isolierstation und wurde mit Sauerstoff zusätzlich beatmet. In den drei Tagen, die ich mich dort aufhielt, bekam ich zweimal täglich eine Schwester zu sehen, die mir keine Auskunft geben konnte. Einen Arzt bekam ich gar nicht zu Gesicht und die Medikamente, die ich ansonsten zu mir nehme waren zum Teil auch nicht vorrätig. Das Zimmer wurde in den drei Tagen nur einmal oberflächlich gereinigt (30 Sekunden mit einem Lappen), das Bad überhaupt nicht. Meine Medikamente wurden zweimal mit denen meines Bettnachbarn vertauscht.

Dieser Mitpatient war ein Herr an die neunzig Jahre alt mit gravierenden gesundheitlichen Problemen. Auch dieser wurde nur einmal in den drei Tagen meiner Anwesenheit gewaschen und verbunden. Obwohl er bei weitem in einem schlechteren Zustand, als ich war, hatte er auch keinen ärztlichen Beistand erfahren. Das tägliche Essen holte ich von der Zimmertür ab, da für die Pfleger nicht genügend Schutzkleidung vorhanden war und diese unser Zimmer nur in besagter Kleidung betreten durften. Nach drei Tagen wurde ich dann nach massiven Drängen meinerseits auf eigenem Wunsch entlassen und unter Vollschutz mit Rettungsdienst nach Hause geschafft. Obwohl ich angeblich kein Corona hatte (konnte noch nicht getestet werden), musste ich und meine Frau in vierzehntägige Quarantäne. Nach dieser Episode ist das Vertrauen in unser Gesundheitssystem bei mir ziemlich überschaubar geworden. Ich habe von Pflegern dieses Krankenhauses noch schlimmere Dinge erfahren. Es sind jedoch Berichte dritter, die ich nicht weitergeben möchte, da ich nur über tatsächlich Erlebtes berichte. Den Pflegern zolle ich größten Respekt, denn sie sind es, die unter der Misere am meisten leiden.

Unsere Politiker loben sich gegenseitig dafür, dass wir die Krise bisher gut gemeistert haben. Abgesehen davon, dass man bei jetzt offiziell 35.000 Tote, die Dunkelziffer wird erheblich größer sein, nicht unbedingt von großem Erfolg reden sollte, haben wir noch einige schwere Monate vor uns. Wie dann und vor allem von wem die fehlenden Milliarden bezahlt werden, ist noch vollkommen offen. Vorschläge, dass die Superreichen mehr zur Kasse gebeten werden, wurden bereits empört zurückgewiesen. Natürlich von derselben Riege, die schon immer gegen eine höhere Belastung der besser gestellten war und die, die angeblich so vielen Sozialleistungen beklagt. Es wird so kommen wie immer, die/der kleine Frau/Mann wird die Zeche zahlen. In der Schaffung von versteckten Steuererhöhungen war unser Staat schon immer sehr erfinderisch.

Das kommende Jahr wird zeigen, wie der sogenannte kleine Bürger die Politik in der Pandemie bewertet. Sechs Landtagswahlen, zwei Kommunalwahlen und eine Bundestagswahl machen 2021 zum Jahr der Entscheidungen. Frau Merkel ist erstmal fein raus, da sie ja bekanntermaßen nicht mehr will. Ich hätte nie gedacht, dass ich dazu mal leider sagen werde. Doch bei der momentanen Riege der potenziellen Bewerber für ihre Nachfolge, ist keiner dabei, der ihr das Wasser reichen könnte. Zumindest wenn man davon ausgeht, dass die CDU den kommenden Kanzler stellen wird. Was nach jetzigen Umfragen die wahrscheinlichste Variante darstellt.

Ein Armin Laschet hat sich wahrlich in den vergangenen zwölf Monaten nicht mit Ruhm bekleckert. Ein Friedrich Merz, das Nesthäkchen der Finanzoligarchie wäre der letzte Sargnagel des sogenannten Sozialstaates. Ja und der dritte im Bunde Norbert Röttgen, ebenfalls wie Merz von der Kanzlerin schon mal abgekanzelt worden, himmelt die USA an und verteufelt Russland. Ob uns das dann weiterbringt ist äußerst fraglich. Der einzige, der Merkel am nächsten kommt wäre Markus Söder. Der ist jedoch bei der CSU, Ministerpräsident in Bayern und das auch momentan noch gerne.

Sollte es wiedererwarten zu einer Grün-Rot-Roten Koalition reichen, wäre ein Kanzler Robert Habeck die wahrscheinlichste Variante. Dann, so kann man jetzt schon prognostizieren, wird für uns das Leben viel, viel teurer kommen, als die meisten ahnen. Die Energiepreise, vor allem Kraftstoffe und Heizöl werden in schwindelerregenden Höhen steigen und Fleisch und Wurst sich nur noch ab und zu auf den Tisch der Meisten verirren.

Doch es wird so werden wie immer. Wir schimpfen, regen uns auf, früher an Stammtische, heute in den sogenannten sozialen Medien und machen dann trotzdem unser Kreuz bei denjenigen, die uns das Meiste versprechen. Es ist nichts Anderes als das, was Joseph Marie de Maistre, ein französischer Schriftsteller bereits 1811 geschrieben hat.

„Jedes Volk hat die Regierung, die es verdient."

Epilog

Das waren meine Wahrnehmungen der zwölf vergangenen Monate des Jahres 2020 und meine Meinung dazu. Leider befürchte ich, das 2021 trotz Impfstoff noch nicht in Ganzem zu dem wird, was wir als normal bezeichnen würden. Auch bin ich mir nicht sicher, ob unsere politischen Entscheidungsträger mit ihren Maßnahmen bessere Entscheidungen treffen werden, als sie das 2020 getan haben. Ich befürchte eher, dass in diesem Superwahljahr das Durcheinander der Maßnahmen noch zunehmen wird. Jede Partei und vor allem die Entscheidungsträger, die zur Wiederwahl stehen, werden es ihren jeweiligen potenziellen Wählern recht machen wollen. Da die einzelnen Wählergruppen meist unterschiedliche Erwartungen hegen, ist anzunehmen, dass die Entscheidungen ebenfalls unterschiedlich sein werden. Noch schwerer wird es für ein einheitliches Vorgehen in der Pandemie, die wir noch lange nicht überwunden haben, werden. So schön der Föderalismus auch sein kann, so stößt er doch in dieser Jahrhundertkrise augenscheinlich an seine Grenzen.

Die Hoffnung stirbt zuletzt, heißt es so schön in unserer Umgangssprache. Es ist die Hoffnung, dass wir aus den Fehlern, die wir in der Vergangenheit gemacht haben und die diese Pandemie schonungslos offengelegt hat, lernen. Nur leider glaube ich, dass wir die Chance zur Veränderung in unserer Gesellschaft wieder mal ungenutzt lassen werden. Die alten Denkstrukturen die Oberhand gewinnen und uns unweigerlich in die nächste Krise führen. Lobbyisten werden noch stärker Einfluss auf unsere Politiker nehmen. Die Märkte noch unbarmherziger um Vormachtstellungen ringen. Die schwächsten in unserer Gesellschaft werden noch weiter an den Rand gedrückt und mehr leiden müssen, als vor der Krise.

Dinge, wie ein einheitliches Bildungssystem, ein bedingungsloses Grundeinkommen, die unbedingte Fürsorgepflicht des Staates gegenüber seinen Bürgern in Bezug auf das Gesundheitswesen oder der Energieversorgung werden in weite Ferne rücken. Die Schere zwischen Arm und Reich wird immer mehr auseinandergehen und die Gesellschaft noch weiter spalten.

Unsere sogenannte „Freiheitlich demokratische Gesellschaft", gerät immer mehr unter Druck. Die Verhältnisse in den Vereinigten Staaten zeigen uns deutlich, dass es um die Demokratie in der Welt nicht zum Besten bestellt ist. Wenn über siebzig Millionen Wähler der USA einen Narzissten wie Trump zu ihren Präsidenten wählen wollten, sollte das für uns ein Weckruf mit Ausrufezeichen sein. Diese Menschen sind wahrlich nicht alle Rassisten oder armselige Spinner, wie man uns weißzumachen versucht. Es sind ganz einfach in der Mehrzahl Menschen, die vom System abgekoppelt wurden. Das sogenannte

Establishment hat diese Gruppe von Menschen als nicht relevant abgestempelt. Man hat ihnen in der Mehrzahl die Grundlagen für ein menschenwürdiges Leben entzogen. Wenn dann einer kommt und ihnen wieder Gehör verschafft und den Himmel auf Erden verspricht, sind sie in ihrer Verzweiflung bereit, all diesen Versprechungen Glauben zu schenken.

Nicht nur in Amerika steht die Demokratie unter Druck. Auch bei uns in Europa gewinnen Demagogen und Despoten an immer mehr Macht und Einfluss. Ein genauer Blick nach Polen, Ungarn und England zeigt uns, dass Europa am Scheideweg zu einem Zerbrechen der Union steht. Sollte es in nächster Zukunft nicht gelingen, eine gerechtere Verteilung unseres sogenannten Reichtums zu erreichen, so befürchte ich, dass Europa wieder in nationaler Kleinstaatlichkeit zerfällt. Was dann verheerende Folgen für die Zukunft unserer Kinder und Enkel haben wird. Dann wird es egal sein, ob wir unser Klima retten oder nicht. Es könnte dann niemanden geben, dem das Klima noch schaden könnte.

Es ist kurz vor Zwölf und wir sollten uns endlich auf unsere Menschlichkeit besinnen.

Bleibt alle schön gesund!

Mit den besten Grüßen

Georg Cool 😎